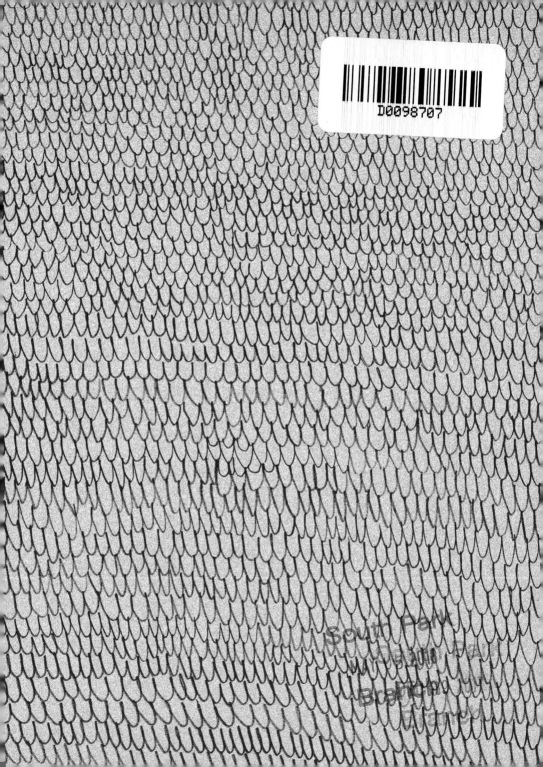

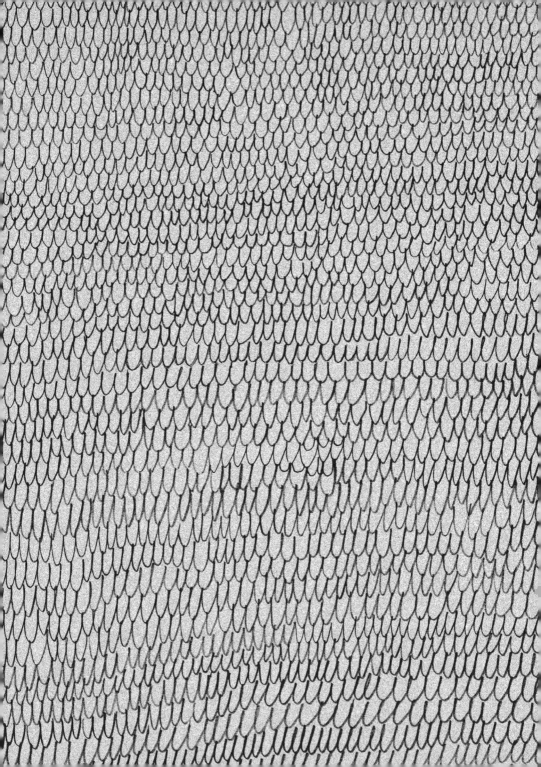

YO NO HICE MI TAREA PORQUE...

Para Valentino y Ben
—Davide

Para Milo
—Benjamin

Primera edición publicada por Chronicle Books LLC en
español en 2017.

Originalmente publicado en inglés en 2014 por Chronicle
Books LLC con el titulo original *I Didn't Do My Homework Because . . .*

Texto © 2014 por Davide Cali.
Ilustraciones © 2014 por Benjamin Chaud.
Traducción en español © Ediciones Tecolote, S.A. de C.V.

Texto traducido al español por Ma. Cristina Urrutia de la
edición en inglés.

Library of Congress Cataloging-in-Publication Data available.

ISBN 978-1-4521-5934-8

Impreso en China

Diseño por Amy Yu Gray.
Composición tipográfica en 1820 Modern.

10 9 8 7 6 5 4 3 2 1

Chronicle Books LLC
680 Second Street
San Francisco, California 94107

www.chroniclekids.com

YO NO HICE MI TAREA PORQUE...

Davide Cali Benjamin Chaud

chronicle books · san francisco

Entonces, ¿por qué no hiciste tu tarea?

No hice mi tarea porque . . .

Un avión repleto de monos aterrizó en nuestro patio.

Un robot descontrolado destruyó nuestra casa.

Unos duendes escondieron todos mis lápices.

Me secuestraron unos extraterrestres.

Justo cuando empezaba a hacer mi
tarea nos atacaron los vikingos.

Unos reptiles gigantes invadieron mi barrio.

El doctor me recetó un jarabe para la tos,
que me causó un efecto extraño.

Mi tío y yo construimos una máquina con tecnología
de punta para hacer mi tarea, pero cuando
finalmente la terminamos, ¡no funcionó!

Un perro enorme se tragó a mi perro,
por lo que pasé toda la tarde con el veterinario.

Fui al funeral de mi gato.

Unos prófugos se escondieron en mi
cuarto y no se querían ir.

Un vecino retó a duelo a mi tío.

Mi abuelo y su banda de música hicieron
mucho ruido y no me pude concentrar.

Comenzó a nevar y tuve que sacrificar
todos mis cuadernos para calentarnos.

Encontramos un pingüino perdido y lo
llevamos al Polo Norte.

¡Pero los
pingüinos viven en
el Polo Sur!

¡Exacto! Cuando nos dimos cuenta de nuestro error, tuvimos que regresar y llevarlo al otro Polo . . .

Un circo nos secuestró a mi hermano y a mí.

Mi familia descubrió petróleo en el patio de mi casa.

Le regalé mis lápices a Robin Hood.

Un famoso director de cine me pidió prestado
mi cuarto para filmar su última película.

Unos pájaros extraños anidaron en mi techo.

Tuvimos un problema con unas plantas carnívoras.

De repente, desapareció nuestro techo.

Los vecinos nos pidieron ayuda para buscar sus armadillos.

El conejo de mi hermana mordisqueó
todos mis lápices y mis cuadernos.

Mi hermano volvió a tener su pequeño problema.

Un tornado se llevó todos mis libros.

Entonces . . . ¿por qué no me cree?

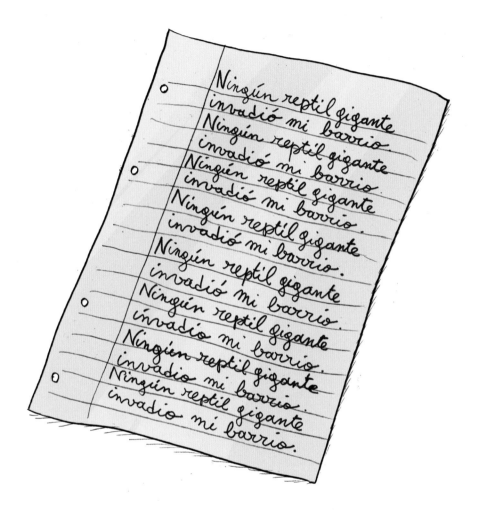

- Fin -

Davide Cali es autor, ilustrador y caricaturista. Ha publicado más de 40 libros, entre ellos *I Didn't Do My Homework Because . . .* , *I Didn't Do My Homework Because Doodle Book of Excuses*, *A Funny Thing Happened on the Way to School . . .* , *The Truth About My Unbelievable Summer . . .* y *When An Elephant Falls in Love*. Actualmente vive en Francia y Italia.

Benjamin Chaud ha ilustrado más de 60 libros. Es ilustrador de *I Didn't Do My Homework Because . . .* , *I Didn't Do My Homework Because Doodle Book of Excuses*, *A Funny Thing Happened on the Way to School . . .* y *The Truth About My Unbelievable Summer. . . .* Es autor e ilustrador de New York Times Notable Book *The Bear's Song*, *The Bear's Sea Escape*, *The Bear's Surprise* y *Farewell Floppy*. Hoy día vive en Die, Francia.

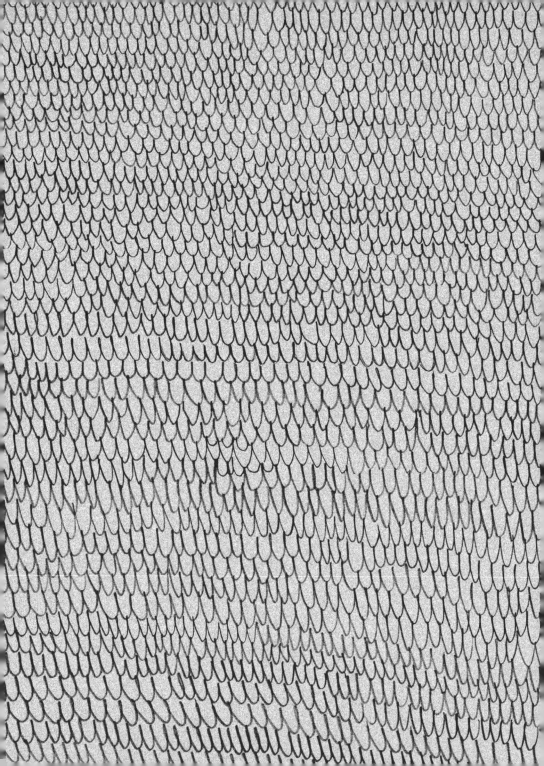

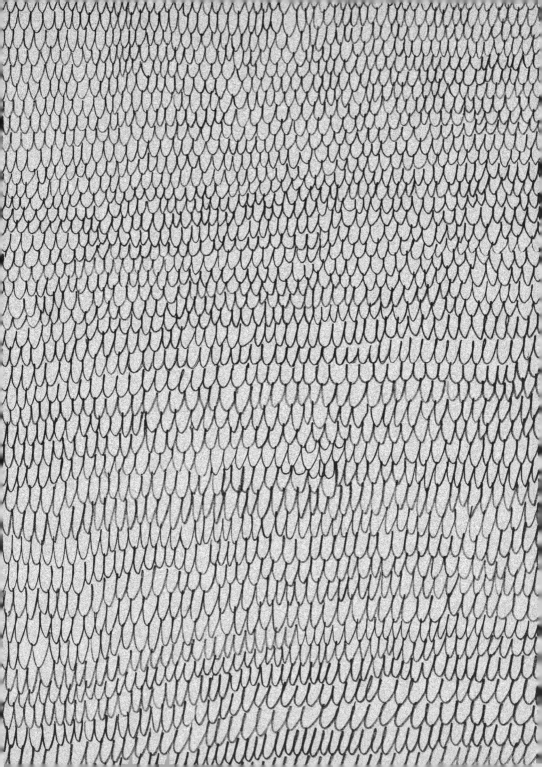